Achtung, Geheimdetektive! Hier klebt die Geheimfolie. Sollte sie verloren gehen, könnt ihr jede andere rote Folie verwenden. Legt sie auf die roten Felder – sofort wird die Schrift sichtbar.

Kugelblitz
bei allen Fragen
wird in
keinem Fall verzagen!

Und noch ein Tipp! Auf der nächsten Seite steht ein Preisrätsel. Wer die richtige Lösung findet, nimmt an der nächsten Verlosung von 400 SchneiderBüchern teil.

Preisrätsel

Und nun geht's los!

Wer findet die Lösung?

Setzt für die Zahlen 1.9.11.18.19.21 die entsprechenden Buchstaben des Alphabets ein. Wenn ihr die gefundenen Buchstaben schüttelt und ein bisschen knobelt, findet ihr den Namen eines Schiffes heraus, das durch eines der Kapitel in diesem Buch fährt.

Es heißt: • • • • • •
(Lösungswort)

Schreibe die Lösung auf eine Postkarte und schicke sie mit dem Kennwort „Kugelblitz 2 – Die orangefarbene Maske“ an:

EGMONT Verlagsgesellschaften mbH
SchneiderBuch
Schleißheimer Straße 267, 80809 München

Absender nicht vergessen. Nur mit Schreibmaschine oder mit Kugelschreiber in Blockbuchstaben ausfüllen.

Benachrichtigt werden nur die Gewinner. Der Rechtsweg ist ausgeschlossen. Die Beteiligung ist nicht an den Kauf eines SchneiderBuches gebunden.

ISBN 3-505-11512-6

Dieses SchneiderBuch gehört
Geschenkt von

Kugelblitz bei allen Fragen

wird in keinem Fall verzagen!

Ursel Scheffler

Kommissar Kugelblitz

Die orangefarbene Maske

ILLUSTRIERT VON HANNES GERBER

Schneider Buch
EGMONT

Inhalt

Die orangefarbene Maske

Es ist Mittagszeit. Die Angestellten in den Büros der Innenstadt packen ihre Wurstbrote aus oder gehen in eines der umliegenden Lokale zum Essen.
Auch der freundliche Kassierer der Kreissparkasse sperrt gerade die Vordertür zu. Zum Mittagessen allerdings gönnt er sich nur ein Schälchen Magerquark, weil er im Urlaub zwei Kilo zugenommen hat.

Aber nicht einmal der Quark ist ihm vergönnt! Es tritt nämlich plötzlich ein Mann aus der Kundentoilette, der einen Revolver in der Hand hat und sagt: „Keiner bewegt sich! Dies ist ein Überfall!“

Der Kassierer lässt die Quarkschüssel fallen und hebt gehorsam die Hände. Auch die anderen Angestellten tun schließlich, was der Räuber will. Es gelingt dem Kassierer, heimlich mit dem Fuß den stillen Alarm auszulösen. Auch die versteckt eingebaute Kamera über dem Kassenschalter beginnt zu filmen. Aber sie sieht das Gesicht des Mannes nicht. Das hat er hinter einer orangefarbenen Maske verborgen, die wie eine Pudelmütze aussieht. Nur zwei kalte Augen lauern hinter dem Sehschlitz.

Der Kassierer packt dem Mann das verlangte Geld in eine Plastiktüte mit der Aufschrift: „Haltet eure Umwelt sauber!"

Der Räuber ist die Ruhe selbst. Er versperrt sorgfältig alle Türen hinter sich und verlässt die Bank durch den Hinterausgang. Die Schlüssel und den Revolver versenkt er in einer der Mülltonnen im Hof. Dann klettert er über die Mauer in den Nachbarhof ...

Im selben Moment hält auch schon Kommissar Kugelblitz mit quietschenden Reifen vor der Bank. Er springt aus dem Auto. „Fahren Sie gleich hinten herum! Er ist über den Hof geflohen!“, ruft der Kassierer aufgeregt aus dem Fenster. Kugelblitz verfolgt den dreisten Räuber, der erst wenige Minuten Vorsprung hat. Aber er sieht ihn nur noch eilig über eine entfernte Mauer klettern. Kugelblitz gibt seinen Leuten Anweisungen, den Häuserblock zu umstellen. Er selbst nimmt im Polizeiwagen die Verfolgung auf. Wenig später sieht er an einer Baustelle einen Mann, der ungefähr die Statur des Täters hat. Der Mann rennt davon. „Halt!“, ruft Kugelblitz.

Der Mann bleibt stehen, dreht sich um und fragt ungehalten: „Was ist denn los?“
„Ein Raubüberfall! Aber da wissen Sie vielleicht besser Bescheid als ich!“ KK's Instinkt sagt ihm, dass er den Täter vor sich hat. Doch wo hat er die Beute gelassen?
Kugelblitz winkt seine Beamten herbei, um den Mann zu verhören.
„Das ist ja allerhand!“, empört sich der Verdächtige. „Ich bin ein harmloser Bürger und kein Bankräuber!“
„Warum sind Sie dann so gerannt?“, erkundigt sich Kugelblitz gespannt.
„Jogging“, grinst der Mann. „Das mach ich jeden Tag. Ist das seit neuestem verboten?“
Kommissar Kugelblitz verschlägt

es glatt die Sprache bei so viel Unverfrorenheit. Aber er kann dem Mann nichts nachweisen. Wo ist die orange Maske, die Waffe und die Tüte mit der Beute? KK gibt Anweisung, das Gelände genau abzusuchen.

Die Waffe findet man wenig später im Mülleimer auf dem Hinterhof. Es ist eine Spielzeugpistole. Aber die Maske und die Beute ist der Räuber auf ganz raffinierte Weise losgeworden. Auf eine Weise, die, wie sich später herausstellen soll, genau durchdacht und geplant war.

Vorerst aber ist Kommissar Kugelblitz noch ratlos. Zerstreut nickt er dem Kranführer zu, der an der Baustelle eben aus seinem Führerhaus klettert und „Mahlzeit!“ sagt. „Mahlzeit“, brummt Kugelblitz mechanisch. Hunger verspürt er jedoch keinen. Schließlich liegen ihm jetzt ganz andere Dinge im Magen: Er spürt genau, dass dieser coole Jogger der Täter ist! Aber wie kann er es ihm nachweisen?

Endlich kommt KK blitzartig die Erleuchtung: Das Beweismaterial ist zwar außer Reichweite, aber doch zum Greifen nah …

Außerdem hat der Mann sich verplappert! An der Tüte sind sicher seine Fingerabdrücke. Das dürfte reichen!

Frage an alle Detektive mit Weitblick und Rundblick:

1) Wo entdeckt Kugelblitz die Tüte mit dem Geld und die Maske?
2) Wer ist der Komplize des Bankräubers?
3) Wodurch hat er sich verplappert?

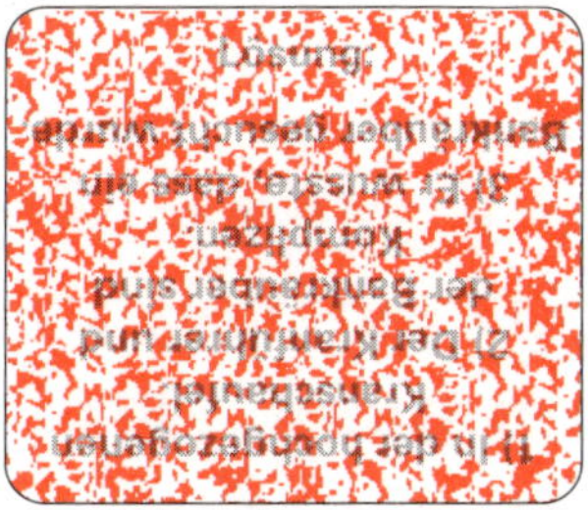

Erdbeermus im Morgengrauen

Frühnebel liegt über den Feldern links und rechts der B 75. Es ist erst 4.30 Uhr, als ein voll beladener LKW mit Erdbeeren aus der Sengana-Obstplantage in die Bundesstraße Richtung Hamburg einbiegt. Der Fahrer hat es eilig. Er ist auf dem Weg zur Großmarkthalle. Noch ahnt er nicht, dass er sie nicht erreichen wird. Für kurze Zeit versperrt er einem grünen Mercedes 280 SE die

Sicht. Der kommt aus der Richtung Ahrensburg und will auch nach Hamburg. Er hat es ebenfalls eilig. Daher bremst er nicht hinter dem LKW, sondern will vor der Kurve überholen.
Den Motorradfahrer auf der Gegenfahrbahn bemerkt er zu spät. Bremsen quietschen. Eine Hupe klemmt sich fest und tutet ohne Unterlass. Sie gehört zu dem Motorrad, das mit seinem Fahrer im Graben gelandet ist. Die Räder drehen sich in der Luft. Zwei weitere Fahrzeuge kommen dem LKW entgegen. Sie bremsen, schleudern, und der LKW, der den schleudernden Fahrzeugen ausweichen will, streift mit seinem Anhänger einen Alleebaum. Er kippt und verteilt seine gesamte

Ladung auf dem Asphalt. Das alles geschieht in Sekundenschnelle. Wenige Minuten später stehen sich alle Unfallbeteiligten im Erdbeermus gegenüber. Glücklicherweise sind sie mit dem Schrecken davongekommen. Die Fahrzeuge jedoch weisen zum Teil ziemliche Beschädigungen auf.
„Ich habe den Motorradfahrer zu spät gesehen. Er hatte kein Licht an!", behauptet der Mercedes-Fahrer.
„Ich hatte Licht an. Es brennt ja jetzt noch!", sagt der Motorradfahrer, der, noch ein wenig benommen, den Helm vom Kopf nimmt.
„Ich denke, das Beste ist, wir rufen die Polizei!", sagt einer der Beteiligten.

Ein roter Golf nähert sich. Da der Fahrer nicht am Unfall beteiligt ist, erklärt er sich bereit, die Polizei zu verständigen.
Der Mercedes-Fahrer fährt seinen Wagen aus der Unfallstelle heraus, damit der Golf-Fahrer vorbeikommt.
„Das ist ja eine Bescherung!“, sagt der Fahrer des LKW und starrt fassungslos auf das Erdbeermus, das noch vor kurzer Zeit frisch gepflückte Erdbeeren der Handelsklasse A war. Mühsam versucht er die Fahrbahn zu säubern. Einige helfen ihm.
Endlich trifft die Polizei ein. Der Nebel hat sich inzwischen gelichtet.
Der Polizeibeamte notiert die Nummern der beteiligten Fahr-

OLIZEI

zeuge und stellt die Personalien fest. Dann nimmt er die Zeugenaussagen zu Protokoll.
„Ein grüner Mercedes 280 SE, sagen Sie?“, erkundigt sich der Beamte. „Und wo soll der sein?“
Verwirrt sieht sich der LKW-Fahrer um. Tatsächlich! Der Mercedes ist verschwunden.
„Er wollte nur seinen Wagen auf die Seite fahren!“, erinnert sich der Motorradfahrer.
„Fahrerflucht! Auch das noch!“, stöhnt der LKW-Fahrer verzweifelt.
„Und er ist schuld an dem ganzen Schlamassel! Er hat in der Kurve überholt! Ich schwör es!“
„Dann ist es sehr leichtsinnig, dass Sie ihn haben wegfahren lassen!“, brummt der Polizist verärgert.

„Es war ein grüner Mercedes 280 SE. Ich weiß es genau. Er hatte ein Oldesloer Kennzeichen. OD – und dann eine Zahl mit 2 oder 3“, glaubt sich der Mann zu erinnern.
„Das ist doch schon eine ganze Menge“, meint der Polizist.
Er gibt die Suchmeldung an die Zentrale durch.
„Bloß weil dieser Hornochse vor der Kurve überholen wollte! Oh, wie sag ich's bloß meinem Chef?“, jammert der LKW-Fahrer und stapft verzweifelt auf der Straße hin und her, die verklebt ist wie ein Marmeladenbrot.
„Wenn alles sich so verhält, wie Sie und die anderen Zeugen es schildern, dann ist der Mann dran. Er muss für den Schaden haften“,

versucht ihn einer der Umstehenden zu trösten.
„Die Fahndung läuft schon“, meldet der Polizist aus dem Streifenwagen.
Bereits um 5.15 Uhr stehen die Namen aller Besitzer der Wagen der gesuchten Bauart und Farbe fest. Mit einer 2 oder 3 in der Nummer finden sich fünf. Die Oldesloer Polizei wird gleich aktiv. Kommissar Kugelblitz gibt den Polizisten den Rat, nach einem ganz bestimmten Beweismittel zu suchen.
Die Fahrer der ermittelten Wagen schlafen noch, als sie gegen 6 Uhr von der Polizei besucht werden. Alle behaupten, in der Nacht nicht fort gewesen zu sein.
Aber die Polizisten lassen sich

nicht beirren. Sie folgen dem Rat von KK und finden tatsächlich ein untrügliches Beweismittel, das den Täter überführt.

Frage an alle Detektive, die auch bei Nebel klar denken können:

Welches Beweismittel finden die Polizisten, und wo?

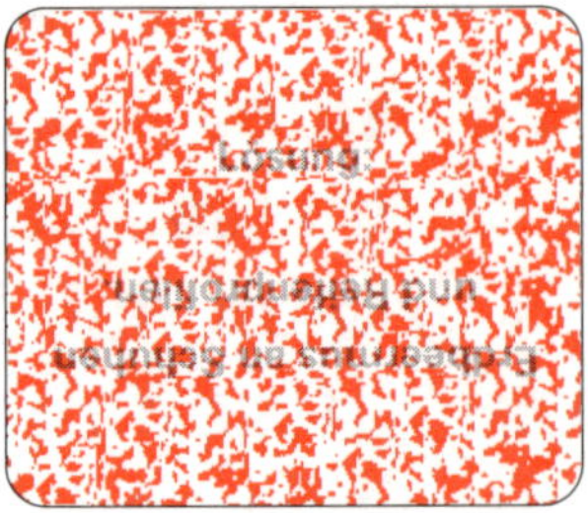

Der Ölfleck

Eine hässliche Öllache treibt an einem Freitagmorgen auf das Elbufer zu.
Beunruhigt verständigen die Anlieger die Polizei.
„In letzter Zeit sind mehrere solche Fälle gemeldet worden", entsinnt sich Kommissar Kugelblitz.
„Ich denke, wir sollten diesen Schmutzfinken einmal energisch auf die Finger sehen!" Er schickt seine Ermittlungsbeamten los. Sie sollen herausfinden, welche

Schiffe in der fraglichen Zeit die Verschmutzungsstelle passiert haben.
Er selbst begibt sich in den Hamburger Hafen und hört sich auf den Schiffen um, die in der vergangenen Nacht den Fluss heraufgekommen sind.
Da ergeben sich die unterschiedlichsten Aussagen und Verdächtigungen, die Kugelblitz alle nicht weiterhelfen. Nur eine Aussage ist präziser: Kapitän Sanders von der *Priscilla* erinnert sich, dass der Frachter *Ikarus* auf der Höhe des Schweinesandes seine Fahrt flussabwärts verlangsamt und anscheinend Altöl abgelassen hat.
„Der Kapitän lehnte sich über die Reling und sah interessiert ins Wasser. Ich dachte mir, sieh mal

IKARUS

an, der olle Schmitz hält immer noch nichts von den neuen Vorschriften. Kein Wunder, wenn die Aale in der Elbe krepieren!", erzählt Kapitän Sanders.

„Die Verschmutzung wurde allerdings nicht am Schweinesand, sondern auf der Höhe von Schulau gemeldet", überlegt Kugelblitz.

„Na klar, die ist inzwischen bis dahin abgedriftet. Das ist doch immerhin ein paar Stunden her!"

„Ach natürlich, selbstverständlich", sagt Kugelblitz und ist ein bisschen ärgerlich, dass er nicht selbst daran gedacht hat.

Der Kapitän der *Ikarus* ist sehr überrascht, als kurz vor Cuxhaven plötzlich ein Polizeiboot beidreht und ein rundlicher, aber sehr beweglicher kleiner Mann mit

Seehundsschnauzbart an Bord klettert. „Alles verzollt!“, sagt der Kapitän mürrisch.
„Aber, aber! Wir sind doch nicht vom Zoll, Kapitän Schmitz!“, sagt Kugelblitz.
Da scheint der Kapitän etwas beruhigt und lacht. Aber er freut sich zu früh.
„Trotzdem kommen wir in einer sehr ernsten Angelegenheit. Es geht um Wasserverschmutzung. Der Kapitän der *Priscilla* will beobachtet haben, dass Sie heute Nacht in der Höhe des Schweinesandes Altöl abgelassen haben!“
„Ich? So etwas würde ich nie tun!“, protestiert der Kapitän. „Und übrigens, wie will einer mitten in der Nacht erkennen, dass Altöl aus einem Schiff kommt und

nicht normales Brauchwasser?"
„Er hat behauptet, dass er Sie sogar erkannt hat. Sie haben im Schein der Schiffsbeleuchtung an der Reling gestanden und auf die Wasserfläche gesehen!"
„Der muss ja ein wahrer Hellseher sein, dieser Sanders oder wie er heißt. Ich jedenfalls habe weder ihn noch sein Schiff gesehen. Ich kenne die *Priscilla* gar nicht. Muss ja der reinste Nudeltopf sein. Kann mir nicht vorstellen, dass mir diese Badewanne je vor den Bug gekommen ist", brummt der Kapitän der *Ikarus* ärgerlich.
„Und doch will Sie Sanders zweifelsfrei erkannt haben", gibt Kugelblitz zu bedenken.
„Wenn Sie später nach Hamburg zurückkommen, dann richten Sie

ihm bitte aus, dass er sich erst eine Brille verschreiben lassen soll, ehe er anständige Seeleute in falschen Verdacht bringt!", schlägt Schmitz ärgerlich vor.

„Trotzdem muss ich die Sache überprüfen", sagt Kugelblitz. Er zwirbelt nachdenklich seinen Seehundsbart zwischen Daumen und Zeigefinger und starrt auf seine Schuhspitzen. „Aber da Sie ein so reines Gewissen haben, stört es

Sie sicher nicht, wenn wir eine Ölprobe aus den Tanks entnehmen und deren Zusammensetzung mit der des aufgefundenen Öls vergleichen?"
„Tun Sie, was Sie nicht lassen können", brummt der Kapitän. „Ich wollte sowieso in Cuxhaven meine Ladung löschen."
Die Untersuchung bestätigt den Verdacht von Kapitän Sanders. Kapitän Schmitz wird zu einer deftigen Geldstrafe verurteilt. Für den Wiederholungsfall droht ihm der Richter eine Haftstrafe an. „Sie wissen, dass unsere Gewässer eine kostbare Sache sind. Und gerade Sie als Kapitän sollten sich dafür besonders verantwortlich fühlen", schließt der Richter.
Als Kugelblitz von dem Urteil

erfährt, brummt er: „Ich war sicher, dass dieser Schmitz kein reines Gewissen hatte. So was spürt man. Außerdem nahm er es schon bei seiner Aussage mit der Wahrheit nicht ganz genau …

Frage an alle Detektive, die nicht gern im Trüben fischen:

Zweimal beweist der Kapitän mit eigenen Worten, dass er Kugelblitz angeschwindelt hat. Wann?

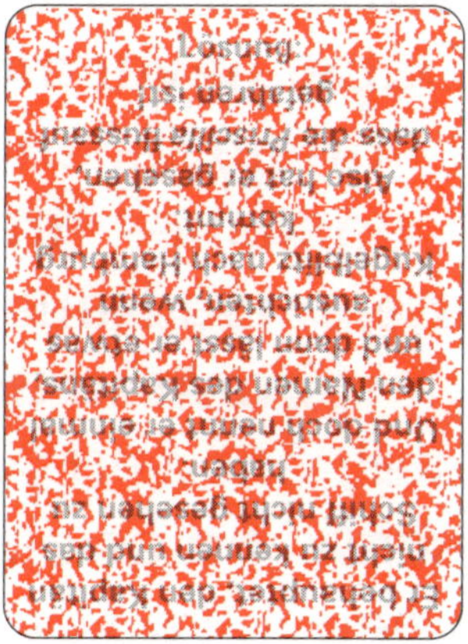

Das Phantom konnte eine ganze Stadt in Angst und Schrecken versetzen.
Es spukte mit Vorliebe an lauen Sommerabenden zur Urlaubszeit.
Dabei bevorzugte es die vornehmen Villengegenden der Stadt.
Ungesehen drang es in leer stehende Häuser ein und stahl dort immer nur das, was wirklich stehlenswert war. Daraufhin verschwand es ebenso spurlos wieder, wie es gekommen war.
Es hinterließ lediglich eine kleine

Visitenkarte mit Goldrand, auf der geschrieben stand:

Das Phantom lässt grüßen!

Diesen Liebesgruß findet auch Generaldirektor Jonas vor, als er an einem schönen Juliabend gegen 21.30 Uhr von einer kurzen Geschäftsreise zurückkehrt.
Die Karte liegt auf dem kleinen Tischchen in der Eingangshalle.
Blass vor Schreck betritt Jonas das Wohnzimmer, dessen Flügeltüren weit offen stehen. Hier hat das Phantom ziemlich gehaust!
Kahle Flecken an den Wänden, leere Stellen auf dem Fußboden.
Die kostbarsten Gemälde und Teppiche sind verschwunden.
Schubladen und Türen der Schränke stehen offen …

Eine kleine Weile steht Jonas wie gelähmt im Zimmer. Dann stürzt er ans Telefon und wählt die Nummer von Kommissar Kugelblitz.
„Rühren Sie nichts an! Wir kommen sofort!“, verspricht KK.
Bis Kugelblitz eintrifft, versucht Jonas festzustellen, was das Phantom noch gestohlen hat. Es fehlten die Münzsammlung, die Briefmarkensammlung und die antike Götterstatue auf dem Kamin.
Das Phantom hat entweder einen siebten Sinn für Wertsachen oder ist außergewöhnlich gut informiert! Auch den verborgenen Safe hinter dem Weinregal hat es entdeckt!
Endlich kommt Kugelblitz.
„Wieder einmal das Phantom!“, sagt er und betrachtet interessiert

die Karte auf dem Flurtisch. Er fasst die schlichte weiße Karte mit dem roten Rand vorsichtig mit einer Pinzette an, stutzt und verwahrt sie in einer Plastiktüte.
„Vielleicht verrät sie uns mehr, wenn wir sie genau untersuchen“, meint er nachdenklich.
„Aha, Fingerabdrücke“, vermutet Jonas. „Ich hab nichts angefasst, wie Sie es am Telefon sagten.“
Kugelblitz hat zwei Leute von der Spurensicherung mitgebracht. Einer kommt gerade zurück und hält eine abgebrochene Geranienblüte in der Hand.
„Die Terrassentür war nur angelehnt. Die Blüte lag vor der Tür auf dem Boden. Ich vermute, dass der Täter über die Blumenkästen an der Brüstung geklettert ist!“

„Das Haus stand leer?", erkundigt sich Kugelblitz.
„Nur zwei Tage lang. Aber der Hausmeister hat sich darum gekümmert. Er hat auch jeden Tag die Blumen gegossen."
„Wo wohnt er?"
„Im Hinterhaus. Das ist ein Anbau dort hinter den Bäumen im Garten", erklärt Jonas.
„Und wer wohnt sonst noch auf dem Grundstück?"
„Nun, die Frau des Hausmeisters. Sie haben die Wohnung im Erdgeschoss. Und die Hausmädchen Lisa und Rosa bewohnen je ein Zimmer unter dem Dach. Tja, und dann ist da noch der Gärtner. Der wohnt im Gartenhaus. Der Weg dort, der an der Terrasse vorbeigeht, führt direkt hin."

„Ich möchte alle fünf sprechen“, bittet Kugelblitz.
Als alle versammelt sind, sagt KK: „Wie Sie sehen, ist hier eingebrochen worden. Um uns bei unseren Ermittlungen zu helfen, kann jede Beobachtung wichtig sein. Ist Ihnen etwas aufgefallen? Haben Sie z. B. bemerkt, dass die Terrassentür offen stand?“

„Als ich kurz vor 17 Uhr die Blumen goss, habe ich sie persönlich zugemacht. Das kann ich beschwören!“, sagt der Hausmeister.

„Erinnern Sie sich genau an die Uhrzeit?“, fragt KK.
„Ja, denn ich wollte anschließend eine Fernsehsendung sehen. Und dann kam ja das Fußballspiel“, erinnert sich der Hausmeister.
„Haben Sie hinterher noch etwas beobachtet?“, forscht Kugelblitz weiter.
„Mein Mann doch nicht!“, fällt ihm die Hausmeistersfrau ins Wort. „Wenn der HSV spielt, kriegen Sie ihn nicht vom Fernseher weg.“
„Aber vielleicht ist Ihnen etwas aufgefallen?“
Die Hausmeistersfrau überlegt und sagt dann: „Ich hab nur gesehen, wie der Gärtner die Wege harkte. Das war so kurz nach 17 Uhr. Wollte sicher alles

schön haben, weil er ja wusste, dass Herr Jonas heute Abend zurückkommt!“

Der Gärtner bestätigt die Aussage der Hausmeistersfrau. Nach getaner Arbeit sei auch er ins Haus zurückgegangen, um das Fußballspiel zu sehen.

„Sie haben das Haus nicht mehr verlassen?“, erkundigt sich Kugelblitz.

„Nein“, versichert der Gärtner. „Ich habe heute ziemlich viel gearbeitet und war höllisch müde. Nachdem die Wege in Ordnung waren, bin ich nicht mehr aus dem Haus!“

„Stimmt“, bestätigt der Mann von der Spurensicherung. „Der Weg ist frisch geharkt. Man sieht noch die Spuren des Rechens im Sand. Fußspuren kommen nur vom Gärtnerhaus *her*. Es führen aber keine dort*hin*.“

„Das sind meine Spuren von eben“, sagt der Gärtner mit einem verlegenen Blick auf seine ziemlich verschmutzten Gummistiefel.

„Haben Sie etwa auch das Fußballspiel gesehen?“, wendet sich Kugelblitz mit einem Seufzer an die beiden Mädchen.

„Nein“, entgegnet Lisa. „Wir hatten heute unseren freien Tag. Erst wollten wir zum Tanzen. Aber da war nichts los. Alle Männer sind anscheinend absolute Fußballfanatiker.“

„Dann wollten wir nach Hause. Aber dann kam das Gewitter mit dem Platzregen, und so gingen wir ins nächste Kino“, berichtet Rosa.
„Wann war das?“, erkundigt sich Kugelblitz interessiert.
„So gegen 19 Uhr“, entgegnet Rosa. „Kurz vor 21 Uhr waren wir dann zu Hause.“
„Aha“, sagt Kugelblitz, und irgendetwas stimmt ihn sehr nachdenklich. „Als Sie nach Hause kamen, bemerkten Sie nichts von dem Einbruch?“
„Gott sei Dank nicht!“, seufzt Rosa. „Sonst hätten wir uns nie getraut, durch den nassen Garten zum Hinterhaus zu laufen.“
„Wenn ich denke, dass der Kerl vielleicht noch in den Büschen lauerte, wird mir hinterher noch

übel", wispert Lisa halblaut.
Jetzt kommt auch der zweite Mann von der Spurensicherung zurück und sagt: „Keine Spur vom Phantom. Wie üblich."
„Sagte er Phantom?", erkundigt sich Lisa und wird vor Schreck fast ohnmächtig.
„So ist es!", bestätigt der Spurensucher.
„Jetzt besteht kein Grund zur Aufregung mehr", versucht Kugelblitz die beiden Mädchen zu

beruhigen. „Ihre Aussagen haben mir sehr geholfen!“
Dann wendet er sich an alle: „Wir können also die Tatzeit zwischen 17 Uhr, dem Zeitpunkt, als die Terrassentür mit Sicherheit noch geschlossen war, und 21 Uhr 30, der Rückkehr von Herrn Jonas, festlegen.“
„Es ist mir so peinlich, dass wir nichts gemerkt haben, Herr Jonas!“, sagt der Hausmeister. „Dieser Kerl – wenn ich den erwische, ich dreh ihm den Kragen um!“
Auch der Gärtner wirft einen Blick auf die Verwüstungen, die das diebische Phantom angerichtet hat, und schimpft: „So eine Unverschämtheit! Benimmt sich wie die Axt im Wald und lässt dann

elegant eine Visitenkarte auf dem Flurtisch zurück. Das ist doch purer Hohn!“

„Manchmal sind Visitenkarten eine recht nützliche Sache“, sagt Kugelblitz, und Generaldirektor Jonas versteht nicht, warum KK dabei mit den Augen zwinkert.

„In diesem Fall zum Beispiel hat sie mir verraten, dass es nicht die Original-Visitenkarte des Phantoms ist. Es handelt sich um einen so genannten Nachahmungstäter. Und außerdem weiß ich durch die Visitenkarte, dass einer der Anwesenden der Täter war; er hat einen schwerwiegenden Fehler begangen ...“

„Einen Fehler?“, unterbricht ihn Jonas ungläubig.

„Genau genommen zwei!“, sagt

Kugelblitz, und dann nimmt er den Täter fest.

Frage an alle Detektive, die sich von diebischen Gespenstern nicht ins Bockshorn jagen lassen:

Wer war der Täter? Welche beiden Fehler hat er begangen? Woran erkannte Kugelblitz, dass es nicht die Original-Visitenkarte des Phantoms war?

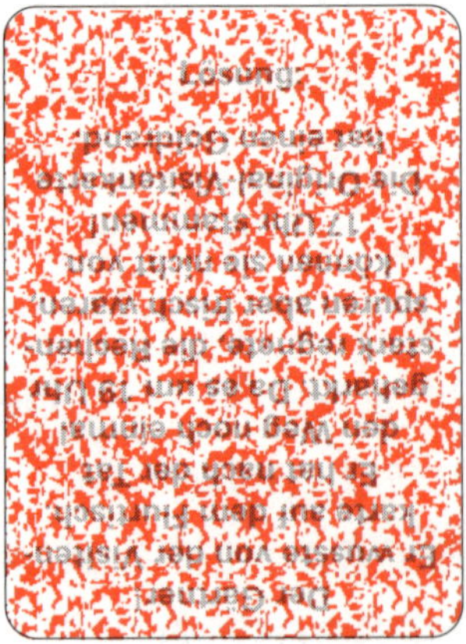

Hafengeburtstag

Der Hafen feiert Geburtstag! Schiffskapellen spielen überall. Es duftet nach Popcorn und Currywurst. Die Kinder haben alle Hände voll zu tun mit Eis am Stiel und Luftballons. Außerdem gibt es Straßentheater. Aber auch die Erwachsenen kommen voll auf ihre Kosten. Am Nachmittag ist die große Windjammer-Parade. Das Wetter ist günstig, und die Segelschiffe werden in voller Schönheit in den Hafen einlaufen können. Pressefotografen und Segelfans haben sich mit schussbereiten Kameras bereits die besten Plätze gesichert. Auf einer Ehrentribüne hat alles Platz genommen, was Rang, Namen oder gute Beziehungen zu der Kartenverteilungs-Stelle hat. Politiker sitzen einträchtig neben der Prominenz von Theater und Wirtschaft. Auch Konsuln und Botschafter außereuropäischer Länder befinden sich unter den Gästen.

Als das Spektakel gerade in vollem Gange ist und die Seemannskapelle *Klabautermann* aus vollen Rohren „Sailing, sailing“ spielt, stößt der Botschafter von Ghana einen spitzen Schrei aus.
„Meine Uhr weg … kaputt … gestohlen!“, ruft er in gebrochenem Deutsch. Irritiert sieht sich der Bürgermeister um. Er gibt dem Polizeipräsidenten einen Wink, dass er sich der Sache annimmt. Der unterhält sich eine Weile halblaut mit dem aufgebrachten ausländischen Gast. Dann verschwindet er diskret und geht zu einem der bereitstehenden Streifenwagen. Dort gibt er über Funk Kommissar Kugelblitz den Auftrag, sich um den peinlichen

Vorfall persönlich zu kümmern.
„Er hat mir gesagt, dass es eine besonders wertvolle Uhr ist. Sie wurde ihm von der englischen Königin persönlich übergeben. Im Innendeckel ist eine Widmung und das königliche Wappen."

„Ich werde mein Bestes tun!", verspricht Kugelblitz.
Eine so persönlich gewidmete Uhr ist meist schwer verkäuflich. Außerdem ist sie belastend für den Dieb, wenn sie bei ihm gefun-

den wird. Er wird also versuchen, sie so rasch wie möglich loszuwerden. Aber wo?, überlegt Kugelblitz.
Er lässt sofort alle Läden anrufen, die gebrauchten Schmuck ankaufen. Auch die Leihhäuser verständigt er.
Aber dann muss er sich erst mal in Geduld fassen.
Da bleibt Zeit genug, im Geiste alle ortsbekannten Taschendiebe an sich vorbeiziehen zu lassen.
Wer von ihnen sieht so aus, dass er sich unauffällig in einer Schar vornehmer Gäste bewegen kann?
Eigentlich nur Gentleman-Joe!
Aber wenn nicht von irgendeiner Seite ein Hinweis kam, dann war der Fall mit der königlichen Uhr nicht zu lösen. Denn selbst wenn

KK Gentleman-Joe den Diebstahl auf den Kopf zusagte, würde der nur leise kichern.
Da kommt Kommissar Kugelblitz der Zufall zur Hilfe.
Das Leihhaus in der Bismarckstraße ruft an, es sei eine Taschenuhr mit dicker goldener Kette verpfändet worden, auf deren Innendeckel ein königliches Wappen eingraviert ist. Die Beschreibung des Mannes, der die Uhr gebracht hat, gleicht verdächtig genau dem Erscheinungsbild von Gentleman-Joe, dem Kugelblitz schon seit vielen Jahren wegen kleiner Diebereien immer wieder begegnet ist.
Kugelblitz lässt sich zu Gentleman-Joes „festem Wohnsitz" kutschieren, einem Hausboot in einem stillen Alsterkanal.

POLIZEI
JOE
A 13
A13

Gentleman-Joe empfängt den Kommissar freundlich.
Er macht seinem Beinamen alle Ehre.
„Ein Drink gefällig? Heißes Wetter heute, wie? Man mag gar nicht aus dem Haus! Doch um so mehr schätze ich die Ehre Ihres Besuches, Kommissar! Was führt Ihre verschlungenen Wege zu meinem stillen Gewässer?", erkundigt er sich.
„Eine goldene Taschenuhr", sagt Kugelblitz ohne lange Umschweife.
„Oh, wie schön für Sie! Haben Sie sie geerbt?", erkundigt sich der Gauner scheinheilig.
„Sie wissen doch genau, was ich meine. Es handelt sich um die goldene Uhr, die Sie heute mit äußerstem Geschick dem Bot-

schafter aus der Tasche gezogen haben, als er beim Hafengeburtstag auf der Ehrentribüne saß."

„Hafengeburtstag ist heute? Oh, jetzt wo Sie es sagen, erinnere ich mich. Aber diese böse Tat, die Sie mir da zutrauen, Kommissar! Pfui! So was würde ich doch niemandem antun. Noch dazu einem Afrikaner. Dabei spende ich immer für die Dritte Welt. Sie können mein Finanzamt fragen! Nein, so was können Sie mir doch nicht in die Schuhe schieben! Mir nicht!"
Gentleman-Joe dreht sich gekränkt

zur Seite und sieht aus dem kleinen Fenster, vor dem ein Geranienkasten hängt.
Kugelblitz starrt ihn einen Augenblick nachdenklich an und sagt gar nichts.
„Na bitte!", sagt Joe schließlich. „Sie glauben mir ja doch nicht. Also suchen Sie nach der Uhr."
„Nicht nötig", entgegnet Kugelblitz. „Die Uhr hab ich schon. Und Ihr Geständnis habe ich auch, denn Sie haben sich verplappert, Joe! Bitte folgen Sie mir unauffällig. Und den Pfandschein vom Leihhaus haben Sie sicher noch in Ihrer Brieftasche ..."
Gentleman-Joe greift an seine Jackentasche und wird blass. Das beweist Kommissar Kugelblitz, dass er richtig vermutet hat ...

Frage an alle Detektive, die auch auf einem Hausboot nicht ins Schwimmen kommen:

Durch welche Bemerkung hat sich Joe verraten?

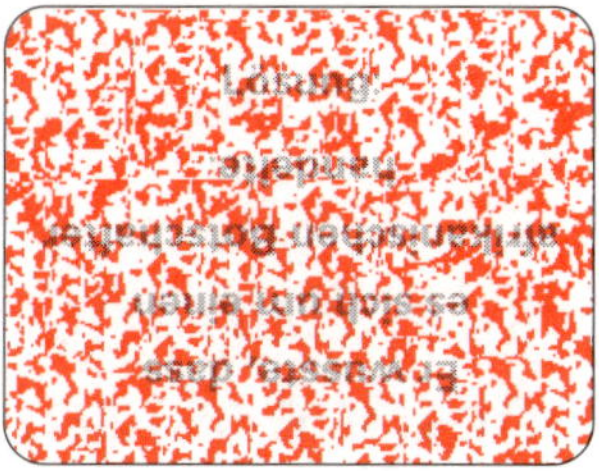

Schlussverkauf

Es ist Sommerschlussverkauf! In der Innenstadt herrscht das bei dieser Gelegenheit übliche Gedrängel. Die Leute schieben sich durch die Gänge der Kaufhäuser. Tausende von Händen wühlen in Bergen von Socken, Pullovern, Unterhosen und Handtüchern. Es gibt Sonderangebote über Sonderangebote. Viele erstehen äußerst preiswerte Dinge, die sie eigentlich gar nicht haben wollten. Der Schlussverkauf ist

eben eine Verlockung. Und zwar nicht nur für ehrliche Kunden, wie sich gleich herausstellen soll …
Kommissar Kugelblitz will nur rasch eine Batterie für seinen Taschenrechner holen.
„Wenn ich das geahnt hätte!“, stöhnt er und wischt sich den Schweiß von der blanken Stirn.
Es ist schon kurz vor Ladenschluss, und er möchte nicht noch in ein anderes Geschäft laufen. So stellt er sich seufzend an einer sieben Meter langen Schlange an der Kasse der Elektro-Abteilung an.
In diesem Augenblick schrillt die Alarmanlage des großen Warenhauses. Geschrei und Aufregung in der Schmuckabteilung nebenan.
KK entdeckt einen Mann mit Schirmmütze und Lederjacke, der

sich mit seinem auffällig großen Regenschirm einen Weg durch die Menge bahnt und das Weite sucht.
„So halten Sie ihn doch!“, ruft die Verkäuferin immer wieder aufgeregt.
Aber die Leute sehen sich nur ratlos an, denn sie wissen nicht, wen und wo.
Inzwischen verschwindet der Mann im Lift. Kugelblitz sieht, wie sich die automatischen Türen langsam hinter ihm schließen. Aber es

ist ihm nicht möglich, rechtzeitig durch das Gedränge zu brechen und die Abfahrt des Liftes zu verhindern.
Geistesgegenwärtig greift er jedoch nach dem Telefon neben der Kasse. Er hat Glück und erwischt die Zentrale. Sie hat den Alarm schon empfangen und folgt dem Rat von Kugelblitz, sofort alle Ausgänge versperren zu lassen.
Das erweist sich als kluge Maßnahme. Der Schaden, den der Mann verursacht hat, ist beträchtlich.
„Er hat mehrere Uhren in seinen Regenschirm rutschen lassen. Unsere wertvollsten Stücke. Dazu die Brillantringe aus der Sonderausstellung. Ich weiß auch nicht, wie es ihm gelungen ist, völlig un-

bemerkt die Scheibe der Vitrine zu entfernen!", klagt die Verkäuferin. Sie ist ganz aufgelöst, weil sie hilflos zusehen musste, wie der gerissene Gauner im Gedränge verschwand.

„Warum sind Sie ihm denn nicht gefolgt?", erkundigt sich der Abteilungsleiter, und es schwingt ein leiser Vorwurf in seiner Stimme mit.

„Ich konnte doch nicht über die Berge von Sonderangeboten klettern, die sich auf dem Ladentisch türmen. Lauter billige Wecker!!!", verteidigt sich die Frau.

Da schaltet sich Kugelblitz ins Gespräch ein.

„Ich habe den Mann gesehen", sagt er. „Er verschwand im Lift. Er

entgeht uns nicht. Keine Angst. Alle Ausgänge sind bewacht. Keine Maus entwischt unerkannt, vor allem nicht, wenn sie eine Lederjacke anhat", scherzt der Kommissar.
Die Verkäuferin beruhigt sich endlich und bedient weiter. Es dauert länger als sonst, bis der letzte Kunde das Warenhaus verlassen kann.
Jeder wird einzeln an der Türe kontrolliert.
Kugelblitz und die Verkäuferin haben den Verdächtigen schließlich genau beschrieben! Keiner, der ihm auch nur im Entferntesten ähnlich sieht, hat eine Chance zu entkommen. Auch nicht durch den Kohlenkeller oder über die Feuerleiter auf dem Dach!

Preise im Sturzflug
SCHLUSSVERKAUF
Preise im STURZFLUG!
SCHLU
0,20

Siebzehn Leute werden schließlich festgehalten. Dreizehn von ihnen haben Lederjacken an, zwei haben Schirmmützen auf, und zwei besitzen einen auffällig großen Regenschirm.
Der Schmuckdieb jedoch ist leider nicht unter den Festgehaltenen.
Die Verkäuferin und Kugelblitz sind sich ihrer Sache da ganz sicher.
Noch einmal werden deshalb alle Abteilungen untersucht. Auch hinter den Regalen und unter den Ladentischen. Nirgends ist der Mann zu entdecken.
„Aber er muss noch irgendwo im Haus stecken!“, brummt Kugelblitz.
Und wieder einmal hat er Recht!
Allerdings erspäht er den Gauner erst im allerletzten Moment!

Frage an alle Detektive, die auch im Schlussverkauf den Überblick behalten:

Wo hat sich der gerissene Gauner versteckt?

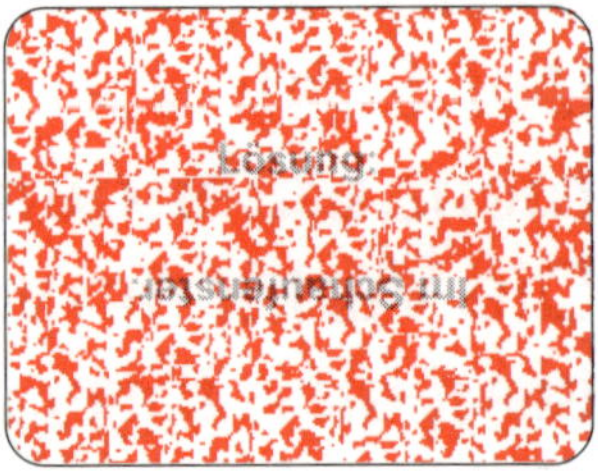

Im Bild (Seite 68) findet ihr die Lösung.

Zinn-Zirkus

Es ist ein strahlender Frühlingstag. Die Vögel singen fröhlich, die Menschen grüßen fröhlich, und Knut Knusewitz pfeift fröhlich, als er seinen dunkelblauen Wagen in einer Seitenstraße neben dem Stadtpark abstellt.
Dann macht er einen ganz ungewöhnlichen Frühlingsspaziergang. Er überquert einen Wiesenstreifen, macht dann eine Flanke über eine Gartenhecke und strebt auf eine Reihe Terrassenhäuser zu.
Er klingelt im obersten Stockwerk

des ersten Hauses. Als der Türöffner summt, geht er nicht die Treppe hinauf, sondern hinunter. Er durchquert den Keller. Dann betritt er die Tiefgarage durch eine unverschlossene Eisentür.
Jetzt pfeift er nicht mehr. Er ist ganz still.
Drei Häuser weiter taucht er dann wieder auf und schwebt mit einem Lift ins Obergeschoss. Dort klingelt er. Es macht niemand auf. Das hat er erwartet. Jetzt hantiert er zwei Minuten an der Wohnungstür. Schon öffnet sich der Eingang zur Eigentumswohnung des Konsuls Heinrichsen. Der Konsul befindet sich auf einer Afrikareise. Knusewitz hat es aus zuverlässiger Quelle erfahren. Ein günstiger Zeitpunkt, um sich der

Zinnsammlung des Konsuls anzunehmen! Es handelt sich um erlesene Stücke aus dem 17. und 18. Jahrhundert. Der Konsul, der aus einer alten Nürnberger Zinngießer-Familie stammt, hat sie teils geerbt, teils in mühsamer Kleinarbeit zusammengetragen.
Knut Knusewitz fischt seinen „Spickzettel“ aus der Hosentasche. Sein Auftraggeber interessiert sich vor allem für einen Zinn-Zirkus und für eine römische Soldatengruppe.
„Na, wo sind denn die kleinen Tierchen?“, brummt Knusewitz und sieht sich suchend um. Überall an den Wänden stehen Vitrinen mit kunstvoll aufgebauten Zinngruppen. „Ha, da seid ihr ja!“, freut sich Knut Knusewitz, als er die

farbenfrohen Figuren endlich in einer der Vitrinen des Speisezimmers entdeckt.

„Jetzt brauch ich nur noch die römische Armee!“

Die findet sich wesentlich leichter, und Knusewitz packt alles vorsichtig in eine flache rechteckige Schachtel. Zufrieden sieht er auf seine Beute: Löwen, Tiger, römische Legionäre, friedlich nebeneinander in Seidenpapier.

Knusewitz schiebt sich erleichtert ein Pfefferminz-Bonbon in den Mund.

Dann verlässt er eilig die Wohnung mit dem Karton unter dem Arm. Er lässt die Tür ins Schloss schnappen. Keine Sekunde zu früh! Er verschwindet gerade in dem Augenblick im Lift, als die Hausmeisters-

frau mit dem Putzeimer die Treppe heraufkommt. Sie will das Treppenhaus wischen und bei dieser Gelegenheit gleich die Blumen bei Heinrichsen gießen. Das macht sie immer, wenn der Konsul verreist ist.
Man kann sich ihren Schreck vorstellen, als sie den Diebstahl entdeckt! Die fehlende römische Armee hat in der Vitrine eine auffallende Lücke hinterlassen. Aufgeregt telefoniert die Haus-

meistersfrau wenig später mit der Polizei.
„Wir kommen gleich vorbei, und den Konsul werde ich auch verständigen, wenn Sie mir schnell die Nummer durchgeben!“, verspricht Kommissar Kugelblitz.
Der Konsul ist erschüttert.
„Fast jede freie Minute und jede übrige Mark habe ich in diese Sammlung gesteckt!“, klagt er.
„Sie ist einzig in Europa – was sage ich – in der Welt!“
„Wir werden unser Möglichstes tun, um die Figuren wieder zu finden!“, verspricht der Kommissar.
Dann eilt er zum Tatort.
Er sieht sich genau um.
„Es sieht nach bestelltem Diebstahl aus! Der Dieb hat nur ganz bestimmte, sicherlich besonders

wertvolle Zinngruppen ausgesucht!“, stellt der Kommissar fest. Plötzlich bückt er sich und hebt ein kleines zerknülltes Papier auf. Er glättet es und murmelt: „Pfefferminz-Drops!“ Vor kurzem hatte er doch bei ähnlicher Gelegenheit ein Pfefferminz-Bonbon entdeckt. Wo war das nur? „Irgendwann macht jeder einen Fehler“, brummt er.
„Was sagen Sie da?“, erkundigt sich die Hausmeisterin gekränkt. „Ich hab das nicht hingeworfen! Wo ich überhaupt keine Bonbons mag. Und ordentlich sauber gemacht habe ich letzte Woche auch.“
„Ich meine doch nicht Sie, sondern den Einbrecher!“, stellt Kugelblitz klar. Und dann erinnert er sich plötz-

lich an den Fall mit dem Pfeffer-
minz-Bonbon! Damals waren goldene Miniaturen gestohlen worden. Auch auf Bestellung. Wer war da bloß der Täter gewesen?

„Darf ich mal eben telefonieren?“, bittet Kugelblitz.

Die Hausmeisterin deutet auf das Telefon im Arbeitszimmer des Konsuls. Es dauert nur wenige Minuten, bis der Polizei-Computer herausgefunden hat, um welchen Fall es sich seinerzeit gehandelt hatte.

Ein gewisser Knut Knusewitz war dem Anschein nach der Täter. Aber man hatte ihm nichts nachweisen können.

Kugelblitz beschließt, Knusewitz zu besuchen.

Knusewitz begrüßt den Kommis-

sar wie einen alten Bekannten.
„Sie wissen, weswegen ich hier bin?“, erkundigt sich KK.
„Vielleicht deshalb, weil Sie die alte Sache immer noch nicht begraben haben? Ziemlich nachtragend, finde ich!“, erwidert Knusewitz.
„Diesmal handelt es sich um einen Einbruch bei Konrad Heinrichsen in der Schumannstraße, gleich beim Stadtpark. Sie kennen die Gegend?“
„Ich weiß zwar dunkel, wo die Schumannstraße liegt. Aber diesen Konsul Heinrichsen kenne ich nicht. Ich soll wohl wieder mal als Sündenbock herhalten?“ Knusewitz tut empört.
„Nun, es ist immerhin ein lohnender Brocken, der dort gestohlen worden ist. Alles alte Originale,

äußerst wertvoll. Das ist schon eine Verlockung für einen Zinn-Liebhaber!"
„Vielen Dank! Den Tipp hätten Sie mir früher geben sollen, Kommissar. Nun hat sich wohl schon ein anderer bedient. Na ja, alte Zinnfiguren, so'n Kinderkram! Das ist sowieso nicht mein Fall! Da bin ich eher für hübsche junge Figuren ..."
Kugelblitz mustert den jungen Mann nachdenklich von oben bis unten.
„Möchten Sie noch einen Cognac, ehe Sie gehen?", fragt Knusewitz. Kugelblitz verschlägt es fast die Sprache. Noch nie ist er mit so viel frecher Freundlichkeit zum Gehen aufgefordert worden. Er erhebt sich und sagt würdevoll: „Ich

trinke nie im Dienst. Ein klarer Kopf ist eine wichtige Voraussetzung für eine erfolgreiche Arbeit in unserem Beruf. So ist es mir nicht entgangen, dass Ihre heutige Aussage zwei schwerwiegende Fehler enthalten hat! Bitte folgen Sie mir!“

Frage an alle Detektive mit klarem Kopf:

Welche zwei Leichtsinnsfehler enthält Knusewitz' Aussage?

Marder im Pelzgeschäft

In einer etwas abgelegenen Wohnstraße der Innenstadt hat ein neues Pelzgeschäft eröffnet. Kein Wunder, dass die Nachbarn beim Abendspaziergang neugierig vor den Schaufenstern stehen bleiben und sich ihre Gedanken machen.
„Ich kann mir nicht vorstellen, dass der ein Geschäft macht! Das ist doch keine gute Verkaufslage“, meint Frau Schilling.

Und ihr Mann stimmt ihr zu: „Sündteuer sind diese Pelze. Wer so was wohl kauft? Noch dazu mitten im Sommer?“
„Es gibt Dumme genug“, meint seine Frau und fügt dann hinzu: „Und Leute, bei denen Geld keine Rolle spielt. Die kaufen Pelze auch im Sommer, für den Urlaub am Nordpol.“
„Trotzdem - ich kann mir nicht vorstellen, dass jemand hierher kommt, wenn er Pelze sucht!“, sagt Herr Schilling, und dann schlendern die beiden weiter.
Hier irrt Herr Schilling gewaltig, denn bereits in der folgenden Nacht scheint es Leute zu geben, die Mittel und Wege kennen, hierher zu kommen und sich in den Besitz der Pelze zu bringen.

Der Pelzhändler informiert am anderen Morgen ganz aufgeregt die Polizei. „Es gab einen Einbruch in meinem Pelzgeschäft in der Biberstraße! Bitte schicken Sie doch so schnell wie möglich jemanden vorbei!“

„Ich komme persönlich“, verspricht Kommissar Kugelblitz, und dann zwängt er sich mit seinen Ermittlungsbeamten ins Polizeiauto und jagt unverzüglich zur Biberstraße.
Dort drängen sich bereits die Schaulustigen vor dem Pelzgeschäft.

„Als ich heute Nacht um drei meine Freundin nach Hause brachte, waren die Pelze noch drin!", berichtet ein Mann. „Wie gut, jetzt brauche ich ihr das gute Stück nicht mehr auszureden, das sie sich in den Kopf gesetzt hatte", setzt er hinzu.
Der Pelzhändler steht unter der Ladentür und ruft: „Da sehen Sie nur, Herr Kommissar! Völlig ausgeräumt! Zum Hohn haben sie noch ein Stück zurückgelassen! Und dabei habe ich das meiste noch nicht einmal bezahlt ..."
Der Kommissar betritt den Laden. Er und seine Begleiter sehen sich aufmerksam um. Einer der beiden Beamten macht eine Skizze vom Tatort und notiert: „Zerbrochene Scheiben an der Hintertür,

Brechstange neben dem Schreibtisch, Telefonkabel im Büro aus der Wand gerissen, Sicherungen herausgeschraubt, Tresor steht offen, keine Fingerabdrücke, Täter trug vermutlich Handschuhe ..."

Inzwischen unterhält sich Kugelblitz mit dem Geschädigten.

„Wann haben Sie den Diebstahl bemerkt?", fragt er.

„Sofort! Als ich das Geschäft, wie immer, durch den Hintereingang betrat, merkte ich, dass die Tür nicht abgeschlossen war. Die Fensterscheibe war zerbrochen. Ich ahnte Schlimmes. Ich ging in mein Büro, und dann sah ich die Bescherung! Die Brechstange, mit der der Dieb die Tür aufgebrochen haben muss, liegt noch hier neben meinem Schreibtisch!"

„Um wie viel Uhr war das?", erkundigt sich Kugelblitz.
„8.30 Uhr. Ich weiß es genau. Ich habe vorne an der Ecke auf die Normaluhr geschaut. Das mache ich jeden Morgen."
„Haben Sie keine Alarmanlage?"
„Doch, doch. Aber sie arbeitet mit Verzögerung. Das ist eine Sicherheit, damit man nicht selbst Alarm auslöst, wenn man aufschließt und vergisst, sie auszuschalten. Das muss der Täter

gewusst haben. Er ist dann sofort zum Sicherungskasten und hat den Strom ausgeschaltet."
„Aha", brummt Kugelblitz und macht sich Notizen. „Haben Sie irgendetwas angefasst?", fragt er weiter.
„Nein, nein! Natürlich nicht!", beteuert der Mann. „Ich habe sofort von meinem Schreibtisch aus die Polizei angerufen und alles so liegen lassen, wie es war! Fünf Minuten später waren Sie ja schon hier! Ich muss sagen, auf die Polizei ist Verlass", sagt der Pelzhändler anerkennend.
„Hoffentlich werden Sie mit der Aufklärung des Falles auch so zufrieden sein", sagt Kugelblitz und räuspert sich heftig.
„Da bin ich ganz sicher", meint

der Pelzhändler zuversichtlich. „Bei dem Ruf, den Sie in Fachkreisen haben!“
„Keine Vorschusslorbeeren. Nur noch eine kleine Frage: War die Ware versichert?“
„Gott sei Dank, ja!“, sagt der Pelzhändler und seufzt erleichtert.
„Das ist wenigstens ein kleiner Trost.“
„Der Ihnen auch nicht viel helfen wird, mein Lieber. Ich muss Sie nämlich leider wegen Verdachts des Versicherungsschwindels vorläufig festnehmen!“
„Was für eine Verdächtigung! Ich bin empört!“, ruft der Mann und fällt aus allen Wolken.
„Sie haben den Tatort sehr gründlich dekoriert“, sagt Kugelblitz anerkennend. „Aber dabei ist

Ihnen ein kleiner Fehler unterlaufen ..."

Frage an alle Detektive, die keinen Pelz auf den Augen haben:

Welchen Fehler hat der Pelzhändler gemacht?

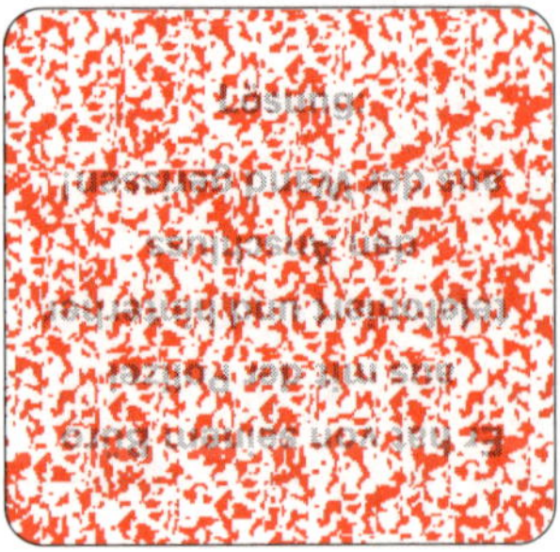

Seht euch auch das Bild auf Seite 87 an.

Bahnsteig dreizehn

Kugelblitz muss wegen eines dringenden Falles nach Frankfurt reisen. Es bleibt ihm nicht einmal Zeit zum Mittagessen. Daher hat er sich am Bahnhofskiosk ein Pfund Äpfel gekauft und die Abendzeitung als „Nachtisch“. So spart er sich das Essen im Speisewagen, und das Lesen der Zeitung ist, wie jeder weiß, nicht so nahrhaft wie ein Eisbecher.
Kugelblitz hat nur einen kleinen

Koffer. Dazu die Aktentasche und die Plastiktüte. Es ist kalt, und der Lautsprecher meldet, dass der ICE nach Frankfurt 15 Minuten Verspätung hat. Kugelblitz schlägt den Mantelkragen hoch und reibt

sich die Hände. 15 Minuten. Das ist ganz schön lang auf einem kalten, zugigen Bahnsteig. Er geht

neben seinem Gepäck hin und her, um sich warm zu laufen. Als er auf den Boden sieht, zuckt er zusammen.
„Die Aktentasche! Wo ist meine Aktentasche?“, ruft er halblaut. „Vor einer Minute stand sie noch da neben dem Koffer! Und die Tüte mit den Äpfeln ist auch weg!“ Kugelblitz sieht sich überall

um. Aber da ist keiner, der weg-
läuft. Auch auf der Treppe ist nie-
mand zu sehen. Keiner hat den Bahnsteig verlassen, alle warten auf den verspäteten Zug.
Also muss die Tasche noch irgendwo am Bahnsteig sein!
Wäre Kugelblitz nicht so aufgeregt, würde er sie sicher entdecken.

Frage an alle Detektive, die gut beobachten können:

Wo steckt das vermisste Gepäck?

Annas aufregender Dienstag

Anna ist zwölf und ein sehr aufgewecktes Mädchen. Sie hat auch keine Probleme in der Schule. Heute aber ist alles schief gelaufen. Erst der Streit mit Nicole und dann die Fünf in Mathe!
Missmutig schlurft Anna durch das Herbstlaub. Sie hat es nicht weit bis nach Hause. Obwohl sie heute eine Stunde früher Schluss hat als sonst, freut sie sich kein bisschen.

Ihre Schritte werden immer langsamer.
„Ach, heute ist auch noch Dienstag!“, murmelt sie enttäuscht. Das ist nämlich der Tag, an dem ihre Mutter immer in der Zahnarztpraxis von Dr. Bergeest aushilft.
Da ist keiner zu Hause, bei dem man sich ausschimpfen kann.
Anna kramt in ihrer Jackentasche nach dem Hausschlüssel.
Als sie um die Ecke biegt, fällt ihr ein dunkelblauer VW-Kombi auf, der im Heckenweg steht. Nanu, da darf man doch gar nicht parken?
Und das Gartentor ist offen!
Instinktiv bleibt Anna stehen.
Ihre Müdigkeit ist wie weggeblasen, die schlechte Laune vergessen. Hier stimmt etwas nicht!
Die Balkontür oben lässt Mama

nie offen! Und dann hält Anna die Luft an: Das Küchenfenster ist zerbrochen! Eine Hand mit schwarzem Handschuh wirft gerade einen Beutel durch das halb geöffnete Fenster. Es klirrt auf dem Rasen. Unser Silber! Das Familiensilber von Oma, auf das Mama so stolz ist!
Hilfe, Hilfe! Einbrecher! Im ersten Moment will Anna schreien. Sie will auf das Haus zustürzen, den Dieb verjagen.
Aber irgendwie machen ihre Stimme und ihre Beine nicht mit. Es ist wie im Traum, wenn man weglaufen will und wie festgeleimt ist.
Und das ist gut so. Denn jetzt erscheint oben auf dem Balkon ein zweiter Mann.

ANNA

„Bist du fertig?“, ruft er halblaut. „Gleich!“, ertönt es von unten. „Das dauert schon viel zu lange!“, ruft der Mann von oben und klettert vom Balkon. Er ist mittelgroß, hat dunkle Haare und ist sehr gelenkig. Rasch sammelt er noch einige Gegenstände im Gras auf, die er wohl vorher heruntergeworfen hat. Dann läuft er zu dem blauen VW.
Die Polizei! Ich muss die Polizei alarmieren!, überlegt Anna. Aber wie? Die Nachbarn sind nicht zu Hause. Das nächste Telefonhäuschen ist weit. Es ist besser, ich warte und gehe dann gleich ins Haus, überlegt sie.
Jetzt kommt auch der zweite Mann heraus. Er klettert aus dem Küchenfenster. Er ist viel größer

als der andere. Krauses blondes Haar kommt unter einer Schiebermütze zum Vorschein. Anna prägt sich jede Einzelheit ein. Der Mann stopft seine Beute in einen Kopfkissenbezug und verschwindet ebenfalls in Richtung Auto.
Ob noch ein Dritter im Haus ist? Wohl kaum. Denn jetzt wird der Motor angelassen. Anna späht durch die Hecke und versucht die Autonummer zu erkennen.
-RS 373 sind die letzten Zahlen. „Drei–sieben–drei; drei–sieben–drei“, murmelt sie und steckt mit zitternden Händen den Schlüssel ins Schloss der Haustür. Sie rennt ins Wohnzimmer und wählt die 110.
Die Polizei kommt schnell, aber nicht schnell genug, um die Män-

ner noch zu erwischen. Die Autonummer wird sofort der Fahndung übergeben. Es dauert allerdings bis zum Abend, bis sich das Auto findet. Es steht am Waldrand am anderen Ende der Stadt. Es gehört einem gewissen Leo Klenze, der im Haus des Zahnarztes wohnt, bei dem Annas Mutter arbeitet. Ein Zufall? So sieht es fast aus. Der Besitzer fällt aus allen Wolken, als die Polizei kommt. Er behauptet, sein Auto sei gestohlen worden.

Der Diebstahl wäre sicher nie aufgeklärt worden, wenn Anna nicht am nächsten Dienstag ihre Mutter nach der Schule beim Zahnarzt besucht hätte. Irgendwie fürchtet sie sich, allein im Haus zu sein.

Als sie die Treppe zur Zahnarztpraxis hochgeht, begegnet ihr ein dunkelhaariger Mann, der ihr sehr bekannt vorkommt. Das ist der Einbrecher! War er beim Zahnarzt? Fast bleibt ihr Herz stehen. Der Mann sieht sie seltsam an und läuft dann die Treppe hinunter. Anna sieht aus dem Treppenhausfenster. Er steigt auf sein Motorrad. Anna schreibt die Nummer auf. Dann rennt sie zu ihrer Mutter und berichtet von ihrer Beobachtung.
Beim Zahnarzt war der Mann nicht. Aber die Polizei findet anhand des Kennzeichens heraus, dass das Motorrad einem gewissen Benno Klenze, dem Bruder des VW-Besitzers, gehört.
„Nun kommt endlich Licht in die

Sache!“, sagt Kommissar Kugelblitz zuversichtlich.

Als Kugelblitz Klenze aufsucht, hat dieser sein Bein in Gips. Natürlich streitet er alles ab. „Ich soll mit dem Motorrad gefahren

sein? Sehen Sie sich doch das Gipsbein an!", sagt er. „Was Kinder mit Fantasie so erzählen!"
„Außerdem haben Sie sich mit dem VW Ihres Bruders an einem Einbruch beteiligt", fügt Kugelblitz hinzu. „Sie sind nämlich von einem Zeugen auf dem Balkon des Hauses gesehen worden."
„Da liegt ein Irrtum vor! Ganz bestimmt. Wie soll ich denn mit einem Gipsbein vom Balkon klettern können?"
„Tja, allerdings", seufzt Kugelblitz. „Der Mann, der vom Balkon kletterte, war äußert beweglich!"
„Außerdem können Sie gern meine Wohnung durchsuchen, wenn sie auch nur den geringsten Verdacht haben!", sagt Klenze. Als sich Kugelblitz verabschie-

det, lächelt er vor sich hin und murmelt: „Na warte, Bürschchen!“ Er lässt Klenzes Wohnung beobachten. Es dauert nicht lange, da kommt Klenze heraus – ohne Gips. Er besteigt sein Motorrad und fährt zu einem Bekannten.
„Jetzt haben wir dich!“, murmelt Kugelblitz und lässt Benno Klenze verhaften. Und den Freund auch, denn in der Wohnung des Freundes findet sich das gestohlene Silber.
„Wie haben Sie denn herausgefunden, dass er es wirklich war?“, erkundigt sich Anna, als Kugelblitz die gestohlenen Sachen zurückbringt.
„Er hat sich durch eine unvorsichtige Bemerkung verraten“, sagt Kugelblitz. „Aber ohne deine Um-

sicht, liebe Anna, hätten wir die Burschen sicher nie geschnappt!"

Frage an alle Detektive, die auch über ein Gipsbein nicht stolpern:

Durch welche Bemerkung hat sich der Dieb verraten?

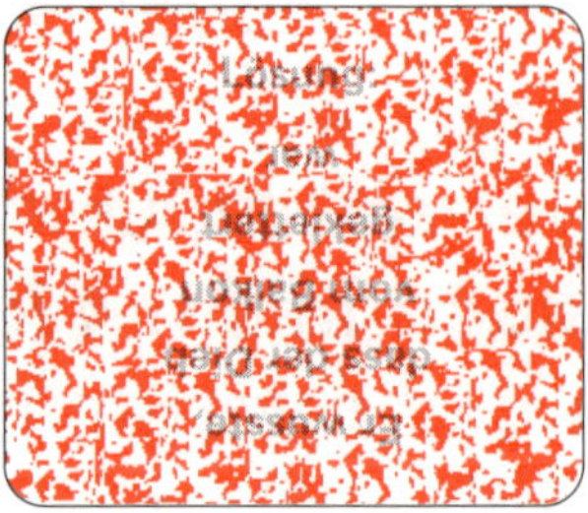

Der Süßholzraspler

Kugelblitz hasst Betriebsausflüge. Aber diesmal hat er sich doch breitschlagen lassen. Mit Leichenbittermiene nimmt er zwischen all den fröhlichen Gestalten Platz. Kurz vor Abfahrt des Busses kauft er sich noch eine Zeitung.
„Stört es Sie, wenn ich ein bisschen lese?“, sagt er zu Kriminalhauptmeister Zwiebel, der gelassen neben ihm sitzt.
„Nicht im Geringsten“, behauptet

Zwiebel und versucht immer geschickt auszuweichen, wenn Kugelblitz umblättert, damit er ihm nicht die Zeitung ins Gesicht schlägt.
Hinter Kugelblitz sitzt Walter Schöning, Betriebsrat und Mitglied des Polizeisportclubs. Er ist ein allgemein bekannter Schürzenjäger. Diesmal hat er es auf Fräulein Münster, die neue Sekretärin des Raubdezernats, abgesehen.
„Wissen Sie, dass Sie dieses blaue Kleid besonders gut kleidet?", bemerkt Schöning. „Genau die Farbe Ihrer Augen."
Kugelblitz runzelt die Stirn. So ein plumpes Kompliment. Man möchte rot werden. Aber Schöning lässt nicht locker. Er bewundert den Ring an den schmalen Händen und sagt: „Wir haben

lange keinen so netten Neuzugang gehabt wie in diesem Monat!“

Verlegen erwidert Fräulein Münster: „Aber Herr Schöning, das sagen Sie doch bloß so ...“

Kugelblitz gibt Zwiebel einen Rippenstoß und zischt: „So ein Süßholzraspler!“
Zwiebel nickt pflichtschuldig und ist froh, dass Kugelblitz nun endlich die Zeitung zusammenfaltet.
Der Casanova hinter ihnen ist noch nicht am Ende. Er erzählt von seinem freudlosen Dasein und wie er sich auf diesen Ausflug gefreut hat, weil er immer so allein ist.
„Sind Sie nicht verheiratet?“, erkundigt sich Fräulein Münster.
Schöning sagt: „Ja, ich bin, das heißt, ich war verheiratet. Bis, nun ja, im letzten Sommer. Da starb plötzlich meine Frau. Ein tragischer Unglücksfall. Ausgerechnet in den Ferien. Wir machten Badeurlaub in Österreich.“

„Das tut mir aber Leid“, sagt Fräulein Münster voller Mitgefühl. „Ich mache mir heute noch Vorwürfe. Meine Frau machte eine Strandwanderung, ganz alleine. Dabei muss sie die Flut überrascht haben. Jedenfalls kam sie nicht ins Hotel zurück.“
„Wie schrecklich!“, sagt Fräulein Münster.
„Deshalb müssen Sie mir eins versprechen: Wenn wir heute unseren Ausflug an der Nordseeküste machen, bleiben Sie immer in meiner Nähe, damit ich Sie beschützen kann!“
„Jetzt schlägt's aber dreizehn!“, knurrt Kugelblitz.
„Mir kommen die Tränen!“, sagt Zwiebel.
„Den werden wir uns nachher

mal vorknöpfen! Wo jeder weiß, dass ihm seine Frau weggelaufen ist, weil er so ein Schürzenjäger ist!“, brummt Kugelblitz.
„Wie kann man nur auf einen reinfallen, der so faustdicke Lügen erzählt!“, sagt Zwiebel.
„Tja, wie kann man nur“, sagt KK.

Spezialfrage an alle Detektivinnen, die nicht auf Süßholzraspler hereinfallen:

Welche faustdicke Lüge meint Wachtmeister Zwiebel?

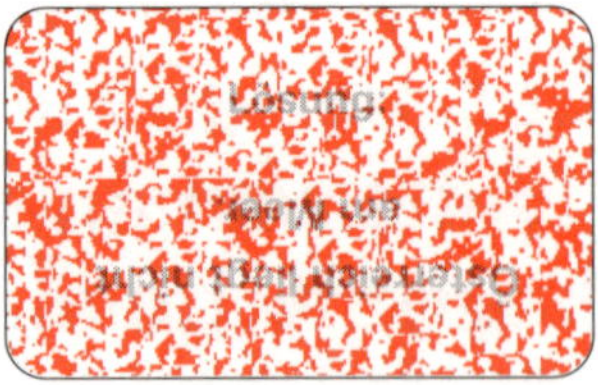

Die verlorenen Pfunde

„So geht es nicht mehr weiter!“, brummt Kugelblitz. Er steht vor dem Spiegel und mustert seinen Bauch, der sich vorwölbt wie ein Balkon. „Bald kann ich meine Schuhe nicht mehr zubinden, wenn ich mich bücke!“
Und da die Urlaubszeit vor der Tür steht, beschließt er, sich in einer Fastenklinik zur Kur anzumelden.
Zwei Wochen später schon packt Kugelblitz den Koffer. Voller Zuversicht legt er auch drei Hosen hinein, die ihm viel zu eng sind. Als er im Kurhotel ankommt, be-

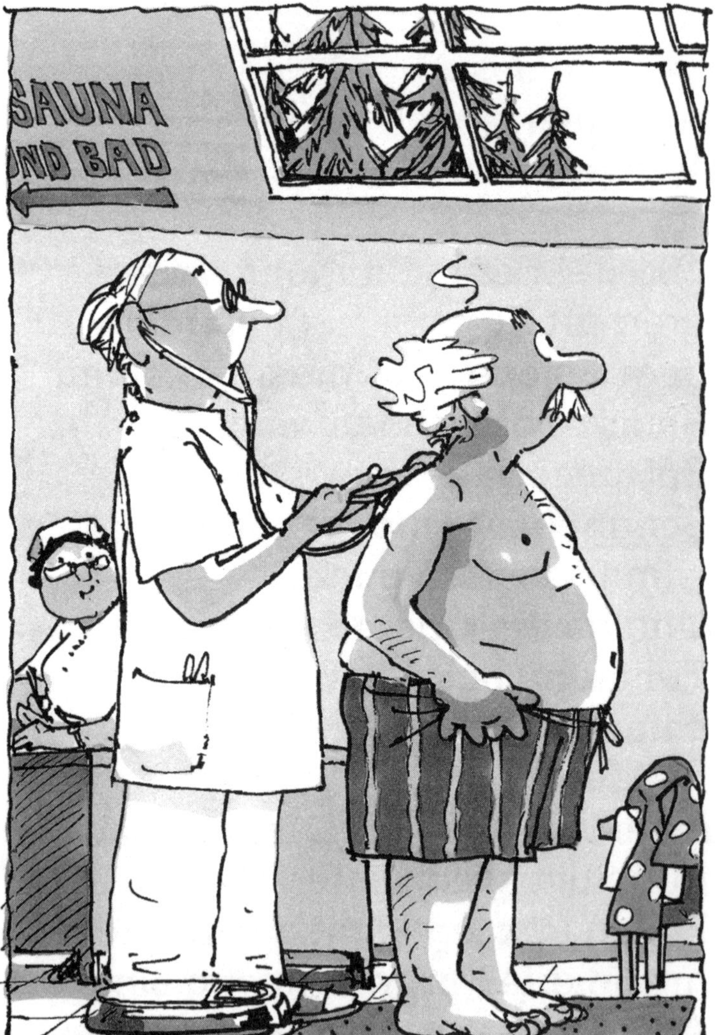
SAUNA
UND BAD

merkt er zufrieden, dass es Leute gibt, die das Abnehmen noch nötiger haben als er!
Am nächsten Morgen untersucht ihn der Arzt. Er wird gemessen und gewogen. Die Kur beginnt! Viel spazieren gehen und nichts essen, lautet die Vorschrift. Kugelblitz macht vor dem Schlafengehen noch ein paar Kniebeugen. Dann schläft er wie ein Murmeltier. Zum Frühstück gibt es nur Tee und mittags ein Wassersüppchen. Auch nachmittags und abends nichts als Saft und Tee. So geht es am nächsten und übernächsten Tag weiter. Kugelblitz geht viel spazieren und zum Schwimmen. Er isst keinen Bissen und kommt sich vor wie ein Held. Aber der Erfolg belohnt ihn. Der Zeiger der Waage schnellt

merklich nach links! Sieben Kilo hat er in einer Woche verloren, und wenn er nach unten sieht, kann er seine Schuhspitzen wieder erblicken. Er probiert eine seiner engen Hosen. Sie sitzt wieder locker auf der Hüfte. Das macht ihn ganz glücklich.

In der Sauna trifft er am Sonntagnachmittag Mr. Symons, einen englischen Buchprüfer, den er schon bei einem Waldspaziergang kennen gelernt hat.
„Jetzt ein kühles Bier!“, stöhnt der Engländer und wischt sich den Schweiß von der Stirn.
„Ich bleibe standhaft“, sagt Kugelblitz. „Ich habe in einer Woche 14 Pfund verloren.“
„Und ich dreihundert an einem

Nachmittag", sagt der Engländer betrübt. Dreihundert englische Pfund allerdings.
Und dann erzählt er, dass ihm beim Saunabesuch am Vortag seine Brieftasche aus der Jacke gestohlen worden ist. „Es waren

wichtige Papiere in der Brieftasche. Dazu der Reisepass. Es muss jemand gewesen sein, der um die gleiche Zeit in der Sauna war wie ich. Aber – ich möchte niemanden schuldlos verdächtigen. Peinlich, äußerst peinlich. Soll ich deswegen die Polizei verständigen?"

„Ich werde mich um die Angelegenheit kümmern“, verspricht Kugelblitz.
Eher beiläufig erkundigt er sich bei dem Bademeister, wer am Vortag um die fragliche Zeit in der Sauna gewesen ist.
„Gestern zwischen drei und vier? Moment mal“, sagt der Bademeister und sieht in seinem Buch nach.
„Zwischen drei und vier waren dieser Engländer und noch drei andere Herren in der Sauna: Herr Cranz aus Bern, Benziger aus Graz und Herr Otto Schmitt aus Ottobeuren.“
„Sind Sie sicher, dass sonst wirklich niemand in den Saunaraum gegangen ist?“
„Ganz bestimmt nicht!“, sagt der

Bademeister. „Jeder muss an mir vorbei und die Saunakarten abgeben. Außerdem war ich selbst in der Sauna und habe um halb vier einen Kräuteraufguss gemacht. Da lagen die vier Herren auf den Bänken und schwitzten. Sonst war niemand da."
„Mr. Symons vermisste nach dem Saunaaufenthalt seine Brieftasche", erläutert Kugelblitz.
„Das hat er mir auch gesagt. Aber ich habe alle Garderobenschränke abgesucht und konnte nichts finden! Was war in der Brieftasche?", erkundigt sich der Bademeister.
„Geld und Papiere, Pass, Schecks und Scheckkarten, eben das Übliche", erwidert Kugelblitz.
„Sehr ärgerlich", sagt der Bade-

meister. „Aber ich bin sicher, dass der Dieb das Geld noch hat. Schließlich kann man englische Pfund in unserem Nest gar nicht loswerden! Vielleicht sollte man mal die Zimmer durchsuchen?"
„Da haben Sie Recht!", sagt Kugelblitz nachdenklich.
Am Nachmittag hat er noch ein Gespräch mit Herrn Cranz, Herrn Benziger und Herrn Schmitt.
Alle drei bedauern den Vorfall sehr. Keiner hat etwas von dem Diebstahl bemerkt.
Schmitt sagt: „Ich kam mit Herrn Cranz. Da war Herr Benziger schon mit Herrn Symons in der Sauna. Als Symons rausging, ging auch Herr Cranz. Es war ihm zu heiß. Als ich mit Herrn Benziger die Sauna verließ, waren Herr Symons

und Herr Cranz im Ruheraum. Wir duschten und gingen ebenfalls dorthin."
Herr Cranz bestätigt diese Aussage. „Ich war zu keinem Zeitpunkt allein im Garderobenraum. Erst war ich mit Herrn Schmitt zusammen. Dann mit Symons selbst. Schließlich lagen wir alle vier im Ruheraum. Das war so gegen 15.45 Uhr."
Ähnlich lautet auch die Aussage von Herrn Benziger: „Ich bin ein geübter Saunagänger. Die Sauna war nicht so heiß wie sonst. Daher blieb ich fast zwanzig Minuten. Erst etwa zehn Minuten mit Mr. Symons, dann weitere zehn Minuten mit Herrn Schmitt. In den Garderobenraum bin ich gar nicht gegangen. Und ich bitte Sie: In

der Sauna ist man splitternackt. Wo soll da einer eine Brieftasche verstecken?“

„Da haben Sie allerdings Recht“, sagt Kugelblitz. „Aber Ihre Aussagen haben mir doch sehr geholfen. Sie bestätigen mir nämlich, dass nur einer der Täter gewesen sein kann!“

Frage an alle Detektive, die auch bei einem Sauna-Fall nicht ins Schwitzen kommen:

Wer war der Dieb? Und wann griff er vermutlich zu?

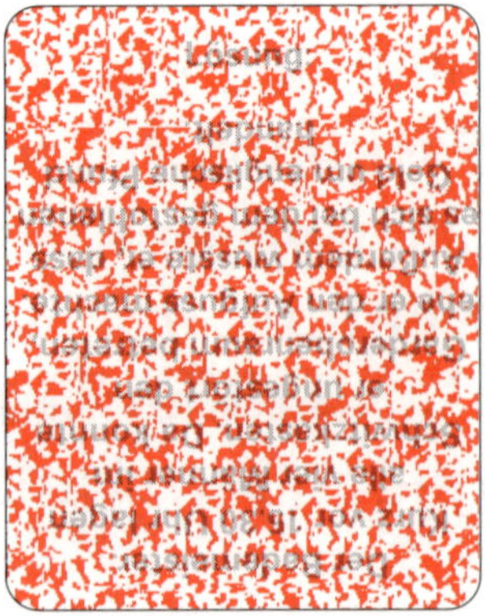

Bibliografische Information der Deutschen Nationalbibliothek
Die Deutsche Nationalbibliothek verzeichnet diese Publikation in der Deutschen Nationalbibliografie; detaillierte bibliografische Daten sind im Internet über http://dnb.d-nb.de abrufbar.

verlegt durch EGMONT Verlagsgesellschaften mbH,
Gertrudenstraße 30–36, 50667 Köln

Titelbild und Illustrationen: Hannes Gerber
Druck und Bindung: Ebner & Spiegel, Ulm
ISBN 978-3-505-11512-7

07 08 / 8 7

Kugelblitz bei allen Fragen

wird in keinem Fall verzagen!

Kommissar Kugelblitz

Ursel Scheffler

Die rote Socke (Band 1)
Die orangefarbene Maske (Bd. 2)
Der gelbe Koffer (Band 3)
Der grüne Papagei (Band 4)
Der lila Leierkasten (Band 5)
Das blaue Zimmer (Band 6)
Der schwarze Geist (Band 7)
Das rosa Nilpferd (Band 8)
Die schneeweiße Katze (Band 9)
Der goldene Drache (Band 10)
Der Jade-Elefant (Band 11)
Der Fall Koralle (Band 12)
Kürbisgeist und Silberspray (Band 13)
Der Fall Kobra (Band 14)
Rauchsignale (Band 15)
Nashornjägern auf der Spur (Band 16)
KK fischt im Internet (Band 17)
Der Fall Giftnudel (Band 18)
Der Fall Kiwi (Band 19)
Die Akte 2013 (Band 20)
Die Moskito-Bande (Band 21)
Vermisst am Mississippi (Band 22)
Das Geheimnis von Spooky Hill (Bd. 23)
Der Fall Wüstenkönig (Band 24)
Das Geheimnis der gefiederten Schlange (Band 25)
Schnee auf Mallorca (Band 26)
Tote trinken keine Cola (Band 27)
Der Fall Shanghai (Band 28)

Kommissar Kugelblitz Sammelband 1
Kommissar Kugelblitz Sammelband 2
Kommissar Kugelblitz Sammelband 3
Kommissar Kugelblitz Sammelband 4
Kommissar Kugelblitz Sammelband 5
Kommissar Kugelblitz Sammelband 6
Kommissar Kugelblitz Sammelband 7